週末の匂い

坂井　成

わが魂の友に捧ぐ

目次

週末の匂い

雨

雨が降る日
私は　じっと
外を見つめる
このために
雨があるのだ

放課後

彼女たちは
言葉をもちより
互いを暖め合う

ねこ

きみは　それをするなと言い
きみは　それをする

ねこは　それを見ている
きれいな瞳で
それをみている

16

涙

ぼくは
きみの涙を覚えてる
しかし
涙の匂いは
忘れてしまった

かなしみ

ぼくは
自らの中にある
かなしみを　かわいがろう
誰にも気づかれぬよう
かわいがろう

無題

うつくしきひと
こころ　うつくしきひと
ぼくの詩を読んでおくれ
声に出してよんでおくれ

やさしさ

みんなの優しさを
上手に　上手に　受けとりたい

20

神様

ぼくが大切にしているもの
それが神様かもしれない

無題

あれ　まだ
そこに　いたんか

うん
いたよ

いびき

自らの中にいる
詩人の　いびきが
きこえる

音

あせりなさんな
彼らの　音を
きこうじゃないか

風

今　吹いている風が
なんのためであるか
考えてわらう

雪

静かに
しずかに
雪が降る

この可愛さに
何人のひとが
気づくでしょうか

合図

二階から
きいろい音
あおい音

これはきっと
なにかの合図です

泉

あの泉には
なにもなかった

いや
わたしの知りたいものが
なかっただけだ

28

涙

ぬるい雨の日
誰かの涙が踊ってた
誰かの涙が笑ってた

頬

きみの頬
赤ん坊のようだ
ぼくは生きていこうとおもう

さみしさ

わたしの言葉が
きみの前を通りすぎる
なんという　さみしさ
なんという　おもしろさ

花

なんで咲いた
なぜ　そこに咲いた
あそこに咲く一輪の花

遠くの街まで

きみは
ぼくを遠くの街まで
連れて行く
そこからは
そう簡単に
戻ってこれない

ぼくのそばで

口を開ければ出鱈目ばかりのぼくを
きみは遠くで笑ってた

ぼくのことを笑うがいいさ
でもぼくのことを笑うなら
もっと近くに来て笑って

ぼくのそばにきて
ぼくのことを笑って

詩人と女神

ぼくは詩人で
きみは女神

二人で秘密をいっぱいつくろう
この先どうなるかも知らないで

チョコレート

彼女は
お気に入りのチョコレートをつまんで
小さな口の中で
甘くて広い海をつくる

その海を泳ぐのは
だれ？

夏休み

ぼくがいつも恋しいのは
長くて苦しい夏休み

八重歯

夏の夕暮れ
浴衣姿の少女が
笑顔で八重歯ちらつかす

銀杏

銀杏のにおいは　くさい
でも　かぎたくなる

けやき通り

けやき通りを
二人の少女が歩く
あの肌には
赤ん坊のにおいが
まだ微かに残っている

たんぽぽ

道端に咲く　たんぽぽに
変わりゆく全てに
何かを見出したい

そして　それを
信じたい

旅行

なんでもいい
何処へでもいい
きみと旅行へ行きたい

雨の音

とても　疲れている
雨の音がこわい

こかげ

逃げだそう
あの木陰のあたりに

鳩

真っ白な雌鳩よ
飛びたたせよう
お前が望むときに
あの小窓から

かなしい人

昨日　かなしい人と
めしを食べた
はらに　そのめしが
まだ残っている

魂の友

かけがえのない
魂の友よ
一緒に本屋へ行こう
そして
別々の書棚を眺め
別々の本を買おう

風や空

風や
空に
ありがとう　と言ってみる
願いが叶うように　おもわれる

神社

近所の神社へ行き
誰にも言えぬ願いごとする

秋風

秋風が
のたうちまわる日
きみの優雅なステップ

わたしは
たのしくて
うれしくて
わらってしまう

あめふり

こんな雨は嫌いだ
こんな雨は大嫌いだ
この雨の意味を知りたい

かみ

大切な人
おもいうかべたときの
けしきを
においを
やさしさを
よろこびを
かなしみを

53　かみ

わたしは
神とよびたい
仏とよびたい

風

風に話し掛けてみる
きっと変な人だと
おもわれる

天使

えんぜるが
わたしのそばで
昨日みた
映画の話をしている

日曜日

きみの言葉一つで
ぽん　と
うかぶような日曜日
古ぼけた詩集をもった青年が
口いっぱいに
あくびした

恋

恋を
している
少女の
はだが
つめたい
雨を
はじく

道化

彼はコーヒーカップを片手に
お月様を転がす

彼は平凡な日々に
感謝している

彼の日常をみたら
何人の人が救われるだろう

彼のような詩人を
誰が見逃すか

猫

駐車場のつめたい地面に
猫が一匹ねそべっている
あの猫にも父があり母がある
たぶん兄弟もいるであろう
私と同じように愉しき思い出も
悲しき思い出もあるであろう
私はうれしくなった

今はそれだけわかれば充分だ
本当にそれがわかれば充分だ

かわいいもの

かわいいものを　見ると
全身が　うずうずしてくる
乾いた口の中も
ぬれてくる

水遊び

浜辺で恥ずかしそうに
水遊びする君
褒め言葉一つで
子どものように
はしゃぐ君

どこかで会ったような
懐かしい匂いがする

きみが紅茶飲み終えたら

何度もチャンス逃してきた
今日こそきみに言うんだ
きみが紅茶飲み終えたら
「きみは帽子がとてもよく似合うね」って

林檎

女の子が
林檎を転がす
冷たい廊下を
林檎が転がる
わたしは
あの林檎のように
転がりたいとおもう
ゴロゴロではなく

コロコロ
コロコロ
可愛らしく素直に
いつでも
どこでも

女の子が
林檎を転がす
冷たい廊下を
林檎が転がる

誰かが
あの林檎を
止めてしまえば
あの林檎は
素晴らしく哭くだろう

春風の匂い

きみは慣れない手つきで
クラシックギターを弾いている
それを見てぼくは
きみと結婚したいなんて思った
ああ　気づけば外は　もう春です

春風がぼくたちにしてくれること
それはぼくたちがしたことです

久しぶりにきみと会う約束をした
ぼくは気をつけなきゃならない
調子に乗りすぎて
運命について
語りすぎたりしないように
ああ　気づけば外は　もう春です

春風がぼくたちにしてくれること
それはぼくたちがしたことです

妹

自宅に帰り
帰省した妹と
顔を合わせる

久々に見る妹は
母によく似ていた
わたしと血の繋がりが
あると思えないほど

美しかった
「お兄ちゃん」と
妹はわたしの顔を見ていう
その瞬間
わたしは全ての運を
使い果たした気がした

音

こわい音がする
あなたの匂いを
思い出そうとする

明日

できれば明日
はやおきしたい
そして公園へ行って
書物を読みたい

場所

わたしは
自分の信ずる神を
語る場所がほしい

雨

帰り道
自転車をこぐ
急に雨が降ってくる

私が雨を嫌っても
花やカエルは
きっと雨を愛してる

いろんな

かなしい言葉が
ぼくに　あいさつする

ぼくの言葉が
いろんな所へ
行きたがってる

思想

あたりは
ずいぶん暗くなった
きみの思想が頼りだ

また

忘れても良い
思い出せなくても良い

どうせ　また　出逢うことになるから
どうせ　また　出逢うことになるから

どんぐり拾って待っている

愛想の良い顔に囲まれている
あの頃わすれて団子たべている
赤ん坊の大福のような頬がある
近所のどぶ川に鯉見に行く
ひとり増えている

美しい女の貧乏ゆすり
まだ居た
月がまるっこい嬉しい
どんぐり拾って待っている
疲れた男の顔が公園にある

玄関でうるさい蝿を威張らせる

あなたの優しさ忘れて寝る

白鳥みつけて口数ふえる

子どもが笑顔でたんぽぽもいできた

友が可愛い嫁さんつれてきた

良いことあった顔が次々くる
ドコヘモイクナ青空
このペースを保ちたい
希望を捨てないであろう顔と歩いている

坂井　成（さかい　あきら）
新潟県出身
バンド「Super Pork Frank」で活動中
好きな熟語は「絆創膏・仏蘭西」

週末の匂い

2018年4月26日発行

著　者　坂井　成
発行者　柳本和貴
発行所　㈱考古堂書店
〒951-8063　新潟市中央区古町通4番町563番地
TEL　025-229-4058（直通出版）
印刷所　㈱ウィザップ

ISBN978-4-87499-868-7 C0092